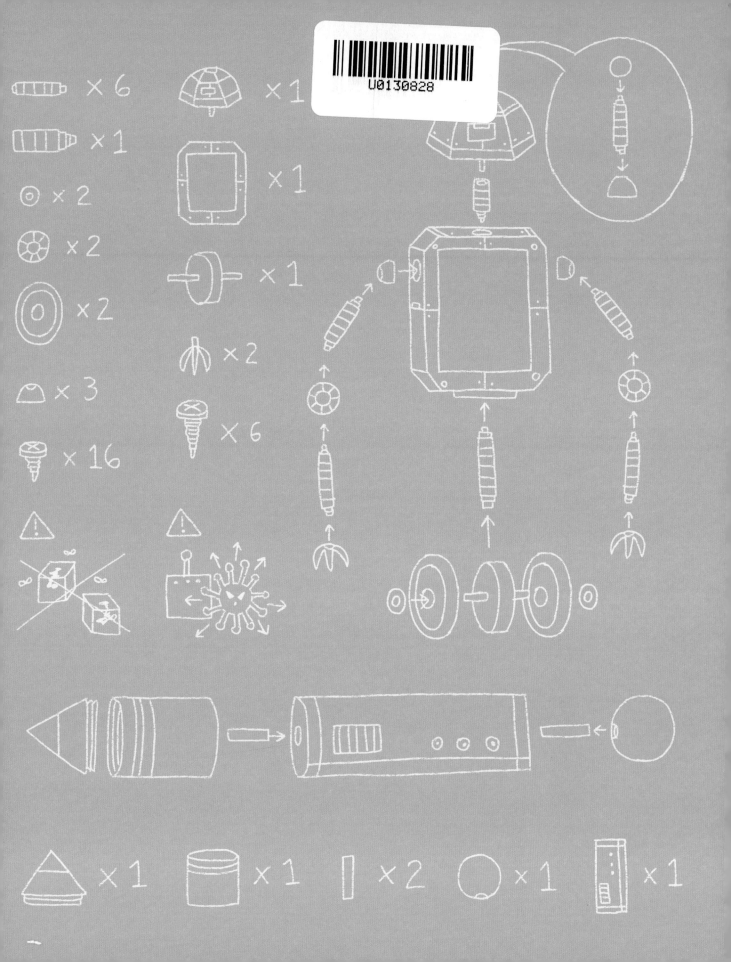

作者簡介

梁雅怡，香港大學教育學士，香港中文大學文化研究、中國語言及文學碩士，資深語文教師，童書文字作者。作品曾獲信誼圖畫書文字創作獎、香港圖畫書創作獎、中文文學創作獎及香港出版雙年獎等。

著作包括繪本《我想養鯨魚》、《世界上最棒的爸爸》、《媽媽喜歡臭熏熏》、《沒有手機的童年》、《河馬媽媽分鬆餅》，以及橋樑書《好想逛文具店》系列等，以幽默逗趣啟動思考。

🏠 nyleung.weebly.com

繪者簡介

Karol Fong，科學文創品牌「腦力研究所」的創辦人，大學主修生物學及環境管理。目前為插畫工作者，熱愛自然科學博物館和鬚鯨，創作大多以科學及自然為題材。曾經為多個生態保育和綠色團體創作插畫。作品有《STEM 科學好有趣 英文詞彙大圖典》。

📷 karolsobservation

特別鳴謝工程及科技學會香港分會前會長何臻言女士擔任本書顧問。

想像 未來世界系列

請你證明你是你

梁雅怡 著

Karol Fong 繪

推薦序

一本探索人工智能的啟迪之書

在瞬息萬變的數碼科技時代，孩子們接觸新事物的速度愈來愈快，培養孩子們對新科技的興趣和資訊素養至關重要。

這本名為《請你證明你是你》的兒童繪本，以森林動物為主角，生動有趣地引領孩子探索人工智能（AI）的奧秘。作者巧妙地將 AI 融入到動物們的生活中，描述動物們如何學習使用 AI，引發孩子思考它將如何改變未來世界。同時，故事也道出了我們應如何正確看待和善用這項技術，避免負面影響，才能共同締造美好的明天。

作為一名大學教育工作者，我衷心推薦這本充滿創意的兒童繪本，本書生動地向孩子講解了 AI 的基本原理和應用，並能引導他們學習慎思明辨和解決問題；身為一名母親，我由衷地為這本兒童繪本的出版感到欣喜。作為父母，我們有責任引導孩子，協助他們建立正確的價值觀和判斷力，避免被科技世界中的負面和虛假信息所迷惑。

我相信，通過閱讀這本書，孩子們不僅能開拓科技視野，更能培養同理心、創新意識和責任感。《請你證明你是你》是一本優秀的親子教育讀物，既富啟發性，又蘊含深意，希望更多的孩子能夠一起閱讀和思考。

江雪儀博士
香港教育大學 教育及人類發展學院
課程與教學學系高級講師
數碼學習與科技文學碩士課程主任

作者的話

生活不離科技，靈感不離生活

　　我對科技知識只懂皮毛，為什麼想到要寫關於人工智能的故事？事情是這樣的⋯⋯

　　那天，我站在銀行的大堂，對着手機屏幕，眼睛一眨又一眨，頭顱左搖又右擰。我可不是在自拍或照鏡子，而是進行生物識別程序。我把這套動作重複了好幾次，卻始終換來一句：「未能成功驗證，請到分店處理。」我不是已在分店了嗎？這不就是職員教我的步驟嗎？我不耐煩地仰頭舒展，看到身旁的婆婆嬸嬸都一一驗證成功，順利離場了。怎麼就只有我這麼不幸？

　　不被承認，真是一件令人沮喪的事。就算讓一百個認識我的人挺身力證，系統都不肯妥協，可真是頑強的保安。失去身分的我，開始生氣了，我暗地怪責手機——是誰給你充電的？是誰給你下載應用程式的？你現在居然反臉不認人，還要我「證明我是我」？真諷刺！

　　我一生氣，腦子裏的動物角色就跑出來了。如果在森林裏，你認不出獅子是大王，辨不出蠍子有毒，你早就有難了。可是機器就是這麼天不怕地不怕——它只怕沒電。

　　高科技幫助別人省了時間，卻害我在大堂等了三個小時，最後由櫃枱職員用雪亮的雙瞳認證了我。高科技證明不到我是我，卻證明了當科技不夠準確時，我們還是需要真人助陣。

　　不過話分兩頭，如果那天我輕易地通過驗證，我便不會有那段胡思亂想的時間，也不會獲得靈感，動筆去寫這個 AI 故事了。

　　機器不給我認證，別怕！我思故我在，我的身分依然存在。

梁雅怡

有一天，狐狸發現了一個古怪的東西。
它會發光，也會發聲，大家都好奇極了。

現在為你介紹的是
「完—美—的—A—I—」。

鸚鵡驚喜地說：「AI？最近常
聽到人類說這個呢！」

那古怪的東西說：「AI 是人類的新伙伴，它聰明又勤快，有它幫忙做事，人類的生活輕鬆多了。」

誰不想生活變得更美好？
大家都心動了，一起去找最聰明的貓頭鷹，
請牠幫忙把 AI 帶到森林來。

當天晚上，貓頭鷹便指揮着一群夜行動物，
在森林裏忙個不停。

「那些東西不是 AI，不過有了它們，AI
會更能幹。現在，輪到主角出場了！」
聽到貓頭鷹的宣布，動物們的心都撲通
撲通地跳起來。

嗒噠！

原來 AI 的模樣千變萬化，真有趣！

「AI 你好！請你馬上給我們更好的生活吧！」動物們等不及了，竟直接提出請求。

貓頭鷹卻說：「別焦急！AI 剛來到，一定很餓了，AI 愛吃數據，我們先去準備吧！」

什麼？
不是能馬上享福嗎？

還沒工作便討吃？
太懶了！

不用分吃的話，
才夠完美嘛！

數據是什麼？
在哪裏找？

「別擔心，數據不難找，只要把我們認識的事物收集起來就是了。AI 吃過了、消化了，便有力量工作。」

作息時間

每天太陽一出，梅花鹿、小兔一家和天鵝夫婦便出門，野豬卻會賴牀，直到中午……

蟻巢的位置有好幾處……

覓食習慣

有了數據，還要時刻帶着 AI，眞有點不習慣。

它沒有耳朵，卻能聽懂各種聲音；
它沒有嘴巴，卻能發布不同消息。

下午橡樹場舉行手部伸展操。

唧唧唧！

明早如有雷雨，飛行演習會取消。

吱吱！

它沒有鼻子，卻能追尋各式美食；
它沒有舌頭，卻能分辨食物品質。

嗶嗶！十厘米前會有
四朵黑松露。

叮！偵測到這是
毒蘑菇。

它沒有心臟，卻能猜中大家的心意；
它沒有腦袋，卻能想出最佳的建議。

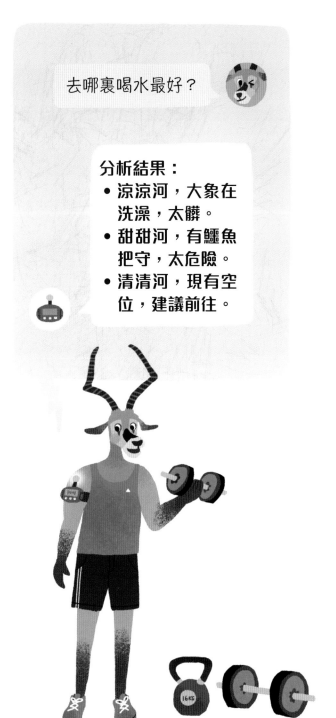

去哪裏喝水最好？

分析結果：
- 涼涼河，大象在洗澡，太髒。
- 甜甜河，有鱷魚把守，太危險。
- 清清河，現有空位，建議前往。

真想吃些水果！

今天天氣熱，推薦吃多汁解渴的桃子，如需安排遙距摘桃服務，請按「桃」鍵。

它沒有面孔，卻認住了大家的樣子，
讓分配變得更公平。

貍貓家庭已領過一次，
不能再取。

——雖然沒有完全公平。

它沒有眼睛，卻看守着大家的安全。

──雖然不能絕對安全。

AI 不偏心，誰發指令它都盡力完成。

咯咯咯，想辦法替我拿多些！

嘎嘎嘎，想辦法給牠少一些！

如何從樹上運走鳥蛋？

——不論指令對不對。

AI 沒情緒，忙透了也不發脾氣。

重播
第 103 次

發現編織出錯，自動
重播出錯步驟。

$27 + 6 + 8 +$
$12 + 3 \ldots \ldots$

——不論讚賞多不多。

泥土乾涸，澆水分量
增加 3 公升。

AI 愈來愈聰明，動物們身邊就像多了一個自己，生活果然變得輕鬆，大家都已忘記沒有 AI 的日子是怎樣的了。

底層灰塵偏多，
優先打掃。

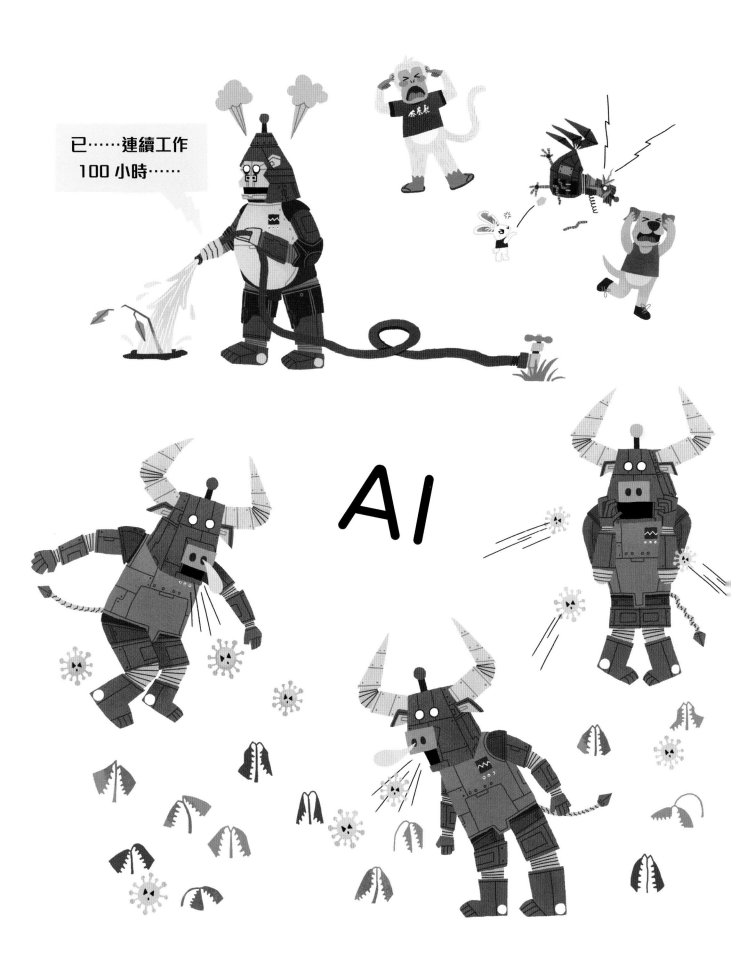

带我去河边喝水、
帮我铺牀、
搜寻下午茶热点……

-x_]$%~ 下
午茶热 & 点
_$@#

生病 了！

不会是想偷懒，
才装病的吧？

注意 网络

這時候，真正的貓頭鷹來了。

「別怕！AI 雖然出了問題，幸好我們還有另一種 AI。來來來，大家都來拿一塊。」

「另一種 AI」不發光也不發聲，怎樣看也只像一面鏡子，能有什麼本領？

森林裏竟然有這種東西？

不！大家快看！
「另一種 AI」竟然……

照出了各個清晰的自己！

耶！它能認出我啊！

證明到
我是我了！

我終於不是
四腳蛇了！

「另一種 AI」還幫忙照顧病了的 AI。

還在發燒。

歡迎回來！

兩種 AI 都那麼棒，
到底哪個才是完美的？

人類們，你知道答案嗎？
（先不要去問 AI 啊！）

 # AI 世界超出想像

小朋友，AI 是不是很神奇呢？一起來學習關於 AI 的知識吧！

故事中的「AI」與「另一種 AI」是什麼？

AI = 人工智能
(Artificial Intelligence)

以電腦模仿人類智慧來工作
（人類的智慧來自天生的大腦，
AI 的智慧來自人類的創造）

另一種 AI = 動物身分／識別
(Animal Identity / Identification)

用鏡子照出樣貌，
呈現自我特徵，界定自己
（人也是動物的一種啊！）

餵飼 AI 有什麼技巧？

- 各自的 AI 要吃的數據都不一樣，視乎你想 AI 幫你做什麼。
- 數據能夠幫助 AI 自行學習，AI 吃得愈多準確的數據，就會愈聰明、愈能幹！
- 當 AI 愈來愈了解使用者，就能提供更貼心的服務，甚至能自己去找新數據來補充營養。

AI 神奇招數大公開！

AI 的本領那麼大，它能夠做到哪些事情呢？

自然語言處理
AI 能理解和運用我們的語言。

生成作品
AI 能創造出作品，如文字、圖像、音訊、影片等。

分析資料、預測結果、採取行動
AI 能透過分析大量不同方面的資料，更快地預測未來可能會發生的情況，提出適合的建議，甚至可自行採取行動。

圖像辨識
AI 能辨別出圖像的內容。

生物辨識
AI 能以各種生物特徵，如臉部、語音、掌紋、指紋等，來區分不同的個體。

AI 病歷報告

AI 跟人一樣，也有病倒了、不能好好工作的時候，來看看 AI 為什麼會生病吧！

老虎 AI 竟然以為老虎想吃西蘭花？

診斷：數據過時或不準確，導致分析出錯

公雞 AI 肚子生蟲，不斷發出噪音！

診斷：AI 設計出錯或用家惡意輸入錯誤數據

小豬 AI 為何在胡言亂語？

診斷：用家指令混亂，使用不當

在無線網絡附近工作的食蟻獸 AI 突然倒地……

診斷：AI 需要網絡時遇上訊號不佳

水牛 AI 不停打噴嚏！

診斷：感染電腦病毒

猩猩 AI 突然發燒冒煙！

診斷：硬件出現異常，如裝置過熱、失靈

不論是人工智能還是人的智慧，都要努力增值，才能發揮出最佳水準啊！

作　　　者：梁雅怡

繪　　　圖：Karol Fong

策　　　劃：林沛暘

責任編輯：陳志倩

美術設計：張思婷

出　　　版：明窗出版社

發　　　行：明報出版社有限公司

　　　　　　香港柴灣嘉業街 18 號

　　　　　　明報工業中心 A 座 15 樓

電　　　話：2595 3215

傳　　　眞：2898 2646

網　　　址：http://books.mingpao.com/

電子郵箱：mpp@mingpao.com

版　　　次：二〇二四年七月初版

I S B N：978-988-8829-30-9

承　　　印：美雅印刷製本有限公司

A.I.